1º ANO

Ensino Fundamental

MATEMÁTICA e PORTUGUÊS

RESPOSTAS NA ÚLTIMA PÁGINA.

VAMOS SOMAR? OBSERVE A SOMA:

1 + 2 = 3

1. AGORA, RESOLVA CADA CONTA E ESCREVA O RESULTADO:

A 2 + 2 = ____   E 1 + 5 = ____

B 2 + 0 = ____   F 3 + 0 = ____

C 3 + 4 = ____   G 1 + 7 = ____

D 1 + 4 = ____   H 4 + 5 = ____

2. LEIA A LISTA DO NÚMERO **2** E PREENCHA AS OUTRAS LISTAS. ESTES SÃO TODOS OS MODOS DE SOMAR PARA CHEGAR AO RESULTADO DOS NÚMEROS **2**, **3**, **4** E **5**.

2	3	4	5
1 + 1 = 2	2 + ___ = 3	2 + ___ = 4	3 + ___ = 5
0 + 2 = 2	3 + ___ = 3	3 + ___ = 4	2 + ___ = 5
2 + 0 = 2	1 + ___ = 3	0 + ___ = 4	0 + ___ = 5
	0 + ___ = 3	1 + ___ = 4	5 + ___ = 5
		4 + ___ = 4	4 + ___ = 5
			1 + ___ = 5

1. LIGUE, COM UM TRAÇO, CADA CONTA AO RESULTADO CORRETO:

A 3 + 4 =   10

B 4 + 5 =   5

C 2 + 3 =   9

D 3 + 3 =   8

E 4 + 0 =   3

F 2 + 6 =   6

G 2 + 1 =   7

H 5 + 5 =   4

2. LEIA A LISTA DO NÚMERO **6** E PREENCHA AS OUTRAS LISTAS. ESTES SÃO TODOS OS MODOS DE SOMAR PARA CHEGAR AO RESULTADO DOS NÚMEROS **6**, **7**, **8** E **9**.

6	7	8	9
6 + 0 = 6	7 + ___ = 7	8 + ___ = 8	9 + ___ = 9
0 + 6 = 6	0 + ___ = 7	0 + ___ = 8	0 + ___ = 9
3 + 3 = 6	6 + ___ = 7	4 + ___ = 8	8 + ___ = 9
5 + 1 = 6	1 + ___ = 7	7 + ___ = 8	1 + ___ = 9
1 + 5 = 6	3 + ___ = 7	1 + ___ = 8	6 + ___ = 9
2 + 4 = 6	4 + ___ = 7	6 + ___ = 8	3 + ___ = 9
4 + 2 = 6	5 + ___ = 7	2 + ___ = 8	5 + ___ = 9
	2 + ___ = 7	3 + ___ = 8	4 + ___ = 9
		5 + ___ = 8	7 + ___ = 9
			2 + ___ = 9

VAMOS SOMAR?

4 + 6 = 10

1. AGORA, RESOLVA CADA CONTA E ESCREVA O RESULTADO:

A 5 + 5 = ____

B 6 + 6 = ____

C 2 + 9 = ____

D 8 + 8 = ____

E 5 + 9 = ____

F 9 + 9 = ____

G 10 + 3 = ____

H 10 + 5 = ____

2. PREENCHA OS QUADRADINHOS COM O NÚMERO QUE RESULTE EM 10:

A 5 + ☐ = 10

B 6 + ☐ = 10

C 7 + ☐ = 10

D 2 + ☐ = 10

E 1 + ☐ = 10

F 0 + ☐ = 10

3. PREENCHA OS QUADRADINHOS COM O NÚMERO QUE RESULTE EM 15:

A 5 + ☐ = 15

B 8 + ☐ = 15

C 9 + ☐ = 15

D 7 + ☐ = 15

E 1 + ☐ = 15

F 13 + ☐ = 15

OBSERVE A SOMA:

7 + 7 = 14

1. AGORA, PREENCHA CADA ESPAÇO COM O NÚMERO CORRETO:

A 6 + ___ = 10   E 7 + ___ = 17

B ___ + 7 = 14   F ___ + 8 = 13

C 2 + ___ = 12   G 10 + ___ = 11

D ___ + 8 = 16   H ___ + 12 = 15

2. ESCREVA O NÚMERO TOTAL DE QUADRADINHOS:

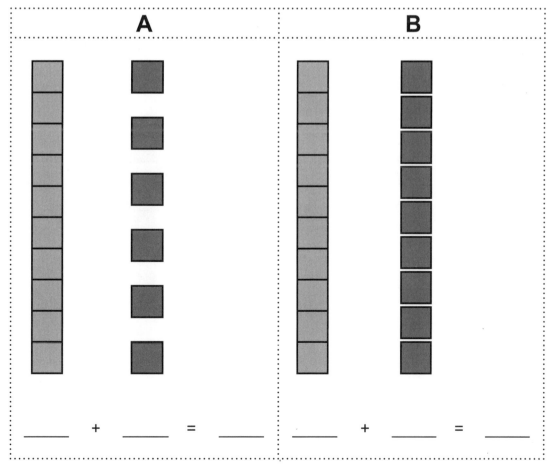

___ + ___ = ___   ___ + ___ = ___

VAMOS SOMAR DE 5 EM 5? OBSERVE A SOMA:

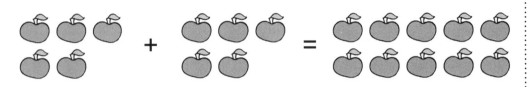

5 + 5 = 10

1. AGORA, PREENCHA CADA ESPAÇO COM O NÚMERO CORRETO:

A 10 + ____ = 15

B ____ + 5 = 20

C 20 + ____ = 25

D ____ + 5 = 30

E 30 + ____ = 35

F ____ + 5 = 40

G 40 + ____ = 45

H ____ + 5 = 50

2. ESCREVA O NÚMERO TOTAL DE QUADRADINHOS:

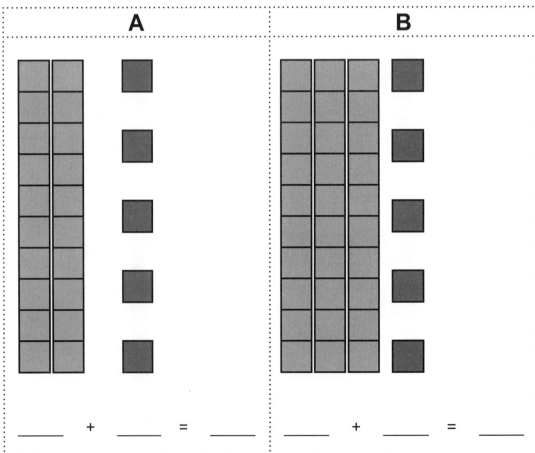

____ + ____ = ____   ____ + ____ = ____

VAMOS SOMAR DE 10 EM 10? OBSERVE A SOMA:

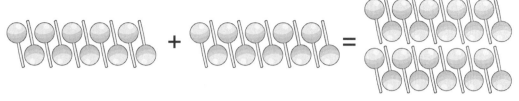

10 + 10 = 20

1. AGORA, PREENCHA CADA ESPAÇO COM O NÚMERO CORRETO:

A 20 + ___ = 30   E 60 + ___ = 70

B ___ + 10 = 40   F ___ + 10 = 80

C 40 + ___ = 50   G 80 + ___ = 90

D ___ + 10 = 60   H ___ + 10 = 100

2. CALCULE A SOMA DAS DEZENAS E ESCREVA O RESULTADO:

A	B

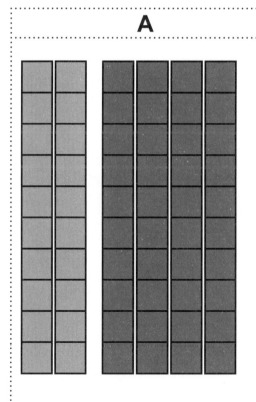 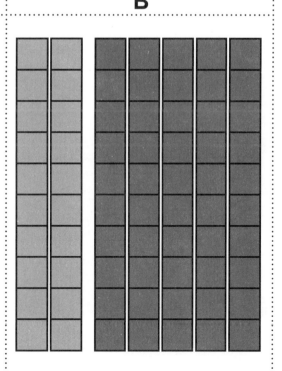

____ + ____ = ____   ____ + ____ = ____

DECOMPONDO OS NÚMEROS. OBSERVE A CONTA:

10 + 10 + 2 = 22

1. AGORA, FAÇA A DECOMPOSIÇÃO DESTES NÚMEROS:

A) 28 = 10 + __ + 8

B) 42 = 10 + __ + __ + __ + 2

C) 35 = __ + __ + __ + __

D) 54 = __ + __ + __ + __ + __ + __

E) 63 = __ + __ + __ + __ + __ + __ + __

F) 71 = __ + __ + __ + __ + __ + __ + __ + __

G) 85 = __ + __ + __ + __ + __ + __ + __ + __ + __

H) 96 = __ + __ + __ + __ + __ + __ + __ + __ + __ + __

2. HORA DE SOMAR COM 5 E 10! QUAL O RESULTADO DE CADA CONTA?

A) 5 + 5 + 10 = ____

B) 10 + 10 + 5 = ____

C) 10 + 10 + 5 + 5 = ____

D) 10 + 10 + 10 + 5 = ____

E) 10 + 10 + 10 + 5 + 5 = ____

F) 10 + 10 + 10 + 10 + 5 = ____

G) 10 + 10 + 10 + 10 + 5 + 5 = ____

H) 10 + 10 + 10 + 10 + 10 + 5 = ____

VAMOS SUBTRAIR? OBSERVE A SUBTRAÇÃO:

4   -   2   =   2

1. AGORA, RESOLVA CADA CONTA E ESCREVA O RESULTADO:

A) 2 - 1 = ____

B) 6 - 3 = ____

C) 5 - 4 = ____

D) 9 - 5 = ____

E) 8 - 3 = ____

F) 7 - 1 = ____

G) 9 - 2 = ____

H) 10 - 1 = ____

2. SEGUINDO AS LISTAS DOS NÚMEROS 2 E 3, FAÇA AS LISTAS DE SUBTRAÇÃO DOS NÚMEROS 4 E 5:

2	3	4	5
2 - 0 = 2	3 - 0 = 3	_ - _ = _	_ - _ = _
2 - 1 = 1	3 - 1 = 2	_ - _ = _	_ - _ = _
2 - 2 = 0	3 - 2 = 1	_ - _ = _	_ - _ = _
	3 - 3 = 0	_ - _ = _	_ - _ = _
		_ - _ = _	_ - _ = _
			_ - _ = _

1. LIGUE, COM UM TRAÇO, CADA CONTA AO RESULTADO CORRETO:

A 9 - 1 =   4

B 6 - 4 =   1

C 5 - 2 =   5

D 7 - 3 =   6

E 9 - 8 =   2

F 7 - 2 =   7

G 9 - 3 =   8

H 8 - 1 =   3

2. COMPLETE A LISTA DE SUBTRAÇÃO DO NÚMERO 6 E DEPOIS FAÇA AS LISTAS DE SUBTRAÇÃO DOS NÚMEROS 7, 8 E 9:

6	7	8	9
6 - 0 = 6	__ - __ = __	__ - __ = __	__ - __ = __
6 - 1 = 5	__ - __ = __	__ - __ = __	__ - __ = __
6 - 2 = 4	__ - __ = __	__ - __ = __	__ - __ = __
6 - 3 = 3	__ - __ = __	__ - __ = __	__ - __ = __
6 - 4 = 2	__ - __ = __	__ - __ = __	__ - __ = __
6 - 5 = __	__ - __ = __	__ - __ = __	__ - __ = __
6 - 6 = __	__ - __ = __	__ - __ = __	__ - __ = __
	__ - __ = __	__ - __ = __	__ - __ = __
		__ - __ = __	__ - __ = __
			__ - __ = __

VAMOS SUBTRAIR? OBSERVE A SUBTRAÇÃO:

12   -   6   =   6

1. AGORA, RESOLVA CADA CONTA E ESCREVA O RESULTADO:

A 10 - 8 = ____   E 15 - 5 = ____

B 14 - 8 = ____   F 13 - 2 = ____

C 11 - 7 = ____   G 18 - 3 = ____

D 17 - 1 = ____   H 16 - 4 = ____

2. PREENCHA CADA QUADRADINHO COM O NÚMERO QUE, SUBTRAÍDO, RESULTE 5:

A 10 - ☐ = 5   D 7 - ☐ = 5

B 9 - ☐ = 5   E 13 - ☐ = 5

C 12 - ☐ = 5   F 11 - ☐ = 5

3. PREENCHA CADA QUADRADINHO COM O NÚMERO QUE, SUBTRAÍDO, RESULTE 10:

A 15 - ☐ = 10   D 17 - ☐ = 10

B 18 - ☐ = 10   E 12 - ☐ = 10

C 20 - ☐ = 10   F 24 - ☐ = 10

VAMOS SUBTRAIR? OBSERVE A SUBTRAÇÃO:

24   -   14   =   10

1. AGORA, PREENCHA CADA ESPAÇO COM O NÚMERO CORRETO:

A 10 - ___ = 5   E 17 - ___ = 12

B ___ - 4 = 10   F ___ - 2 = 9

C 12 - ___ = 11   G 19 - ___ = 13

D ___ - 8 = 8   H ___ - 10 = 15

2. PREENCHA CADA QUADRADINHO COM O NÚMERO QUE, SUBTRAÍDO, RESULTE 7:

A 14 - ☐ = 7   D 17 - ☐ = 7

B 8 - ☐ = 7   E 19 - ☐ = 7

C 10 - ☐ = 7   F 13 - ☐ = 7

3. PREENCHA CADA QUADRADINHO COM O NÚMERO QUE, SUBTRAÍDO, RESULTE 8:

A 14 - ☐ = 8   D 13 - ☐ = 8

B 8 - ☐ = 8   E 9 - ☐ = 8

C 19 - ☐ = 8   F 11 - ☐ = 8

VAMOS SUBTRAIR DE 10 EM 10? OBSERVE A SUBTRAÇÃO:

20   -   10   =   10

1. AGORA, RESOLVA CADA CONTA E ESCREVA O RESULTADO:

A 20 - 10 = ____   E 50 - 10 = ____

B 30 - 20 = ____   F 50 - 20 = ____

C 40 - 10 = ____   G 50 - 30 = ____

D 40 - 20 = ____   H 50 - 40 = ____

2. ASSINALE O RESULTADO CORRETO E ESCREVA NA CONTA:

A	B
30 - 10 = ____	40 - 30 = ____
10 | 20 | 30	10 | 20 | 30
C	**D**
20 - 20 = ____	40 - 40 = ____
0 | 20 | 30	0 | 20 | 30
E	**F**
10 - 10 = ____	50 - 50 = ____
0 | 20 | 30	0 | 20 | 30

VAMOS SUBTRAIR 5 E 10? OBSERVE A SUBTRAÇÃO:

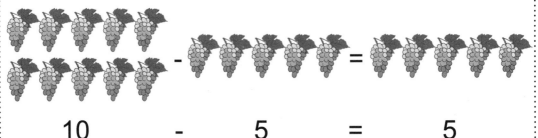

10   -   5   =   5

1. AGORA, RESOLVA CADA CONTA E ESCREVA O RESULTADO:

A 20 - 5 = _____   E 35 - 10 = _____

B 25 - 10 = _____   F 45 - 5 = _____

C 30 - 5 = _____   G 45 - 10 = _____

D 35 - 5 = _____   H 50 - 5 = _____

2. ASSINALE O RESULTADO CORRETO E ESCREVA NA CONTA:

A	B
25 - 15 = _____	40 - 5 = _____
5 | 10 | 20	15 | 25 | 35

C	D
40 - 35 = _____	30 - 15 = _____
5 | 10 | 35	5 | 10 | 15

E	F
40 - 10 = _____	40 - 5 = _____
10 | 20 | 30	15 | 25 | 35

> VAMOS SOMAR E SUBTRAIR? OBSERVE A CONTA:
>
> 3 + 2 = 5 - 1 = 4

1. SOMAR OU SUBTRAIR? PRESTE ATENÇÃO E PREENCHA O ESPAÇO DE CADA CONTA COM O SINAL **+** OU COM O SINAL **−**:

A 8 __ 8 = 16

B 9 __ 1 = 8

C 7 __ 5 = 12

D 6 __ 2 = 4

E 3 __ 4 = 7

F 2 __ 3 = 5

G 5 __ 4 = 9

H 5 __ 2 = 3

2. PREENCHA OS ESPAÇOS COM OS NÚMEROS QUE FALTAM:

A 8 + ____ = 12 - ____ = 6

B 10 + ____ = 13 - ____ = 11

C 15 - ____ = 10 + ____ = 30

D 20 - ____ = 10 + ____ = 25

E 7 + ____ = 13 - ____ = 8

F 11 + ____ = 15 - ____ = 9

G 15 - ____ = 5 + ____ = 30

H 40 - ____ = 10 + ____ = 22

VAMOS SOMAR E SUBTRAIR? OBSERVE A CONTA::

9 + 1 = 10 - 8 = 2

1. SOMAR OU SUBTRAIR? PRESTE ATENÇÃO E PREENCHA O ESPAÇO DE CADA CONTA COM O SINAL **+** OU COM O SINAL **–**:

A 12 __ 2 = 10
B 13 __ 1 = 14
C 15 __ 2 = 17
D 18 __ 5 = 13

E 11 __ 4 = 15
F 16 __ 3 = 19
G 17 __ 4 = 13
H 14 __ 2 = 16

2. PREENCHA OS ESPAÇOS COM OS NÚMEROS QUE FALTAM:

A 20 + ____ = 27 - ____ = 22
B 30 + ____ = 35 - ____ = 32
C 40 - ____ = 20 + ____ = 28
D 35 - ____ = 30 + ____ = 32
E 15 + ____ = 18 - ____ = 10
F 21 + ____ = 23 - ____ = 13
G 35 - ____ = 5 + ____ = 10
H 50 - ____ = 40 + ____ = 49

1. CONTE AS FIGURAS E ESCREVA O RESULTADO:

(1 piano)	____ PIANO
(2 bonecas)	____ BONECAS
(3 regadores)	____ REGADORES
(4 livros)	____ LIVROS
(5 abelhas)	____ ABELHAS
(6 maçãs)	____ MAÇÃS
(7 meias)	____ MEIAS
(8 dados)	____ DADOS
(9 bolas)	____ BOLAS
(10 gotas)	____ GOTAS

2. LIGUE, COM UM TRAÇO, OS PARES CORRESPONDENTES:

ZERO • UM • DOIS • TRÊS • QUATRO • CINCO

4 · 5 · 9 · 6 · 10 · 2 · 0 · 1 · 3 · 7 · 8

SEIS • SETE • OITO • NOVE • DEZ

1. CONTE AS FIGURAS E ESCREVA O RESULTADO:

_____

_____

_____

_____

_____

_____

_____

_____

_____

_____

2. LIGUE, COM UM TRAÇO, OS PARES CORRESPONDENTES:

ONZE • DOZE • TREZE • QUATORZE • QUINZE

11 · 16 · 18 · 20 · 12 · 19 · 14 · 15 · 13 · 17

DEZESSEIS • DEZESSETE • DEZOITO • DEZENOVE • VINTE

1. COMPLETE A TABELA COM OS NÚMEROS QUE FALTAM. DEPOIS, LEIA TUDO EM VOZ ALTA SEGUINDO A SEQUÊNCIA:

0	1	2		4		6	7	8		10
11	12		14	15		17		19		
21		23		25	26		28		30	

2. ESCREVA NOS ESPAÇOS A IDADE DE CADA PERSONAGEM EM ORDEM CRESCENTE, DA MAIS NOVA PARA A MAIS VELHA:

30 ANOS   6 ANOS   1 ANO   25 ANOS   8 ANOS

1. COMPLETE A TABELA INSERINDO OS NÚMEROS EM ORDEM REGRESSIVA:

10 DEZ • ___ NOVE • ___ OITO • ___ SETE • ___ SEIS • ___ CINCO • ___ QUATRO • ___ TRÊS • ___ DOIS • ___ UM • ___ ZERO

2. QUAL É O NÚMERO QUE...

A É MAIOR QUE 15 E MENOR QUE 17?

B VEM LOGO DEPOIS DO 18?

C FICA ENTRE O 12 E O 14?

D É MENOR QUE O 13 E MAIOR QUE O 11?

E VEM LOGO DEPOIS DO 14?

F FICA ENTRE O 16 E O 18?

G É MAIOR QUE O 10, MENOR QUE O 15 E TERMINA COM 1?

H É MENOR QUE O 17, MAIOR QUE O 12 E TERMINA COM 5?

1. COMPLETE OS ESPAÇOS COM OS NÚMEROS PEDIDOS EM CADA CASO:

A QUE NÚMERO VEM ANTES?	B QUE NÚMERO FICA NO MEIO?	C QUE NÚMERO VEM DEPOIS?
____ 9	6 ____ 8	10 ____
____ 15	11 ____ 13	16 ____
____ 23	19 ____ 21	20 ____
____ 30	24 ____ 26	28 ____

2. VAMOS COMPLETAR A SEQUÊNCIA DE 2 EM 2?

0 • 2 • 4 • ____ • 8 • 10 • ____ • 14 • 16 • ____ • 20

1. AGORA, ALGUMAS SITUAÇÕES-PROBLEMA PARA VOCÊ RESOLVER. VAMOS LÁ?

A LUIZA DESENHOU UM JARDIM COM 5 MARGARIDAS E 8 ROSAS. QUANTAS FLORES LUIZA DESENHOU NO TOTAL?

B PEDRO TINHA 6 BOLAS E GANHOU MAIS 4 BOLAS. COM QUANTAS BOLAS ELE FICOU NO TOTAL?

C ANA GANHOU 9 BALAS DE SUA TIA E MAIS 8 BALAS DE SEU PAI. QUANTAS BALAS ANA GANHOU NO TOTAL?

2. VAMOS COMPLETAR A SEQUÊNCIA DE 3 EM 3?

1. RESOLVA ESTAS SITUAÇÕES-PROBLEMA:

A RAQUEL TEM 7 BARQUINHOS E SUA IRMÃ TEM 9. QUANTOS BARQUINHOS AS MENINAS TÊM AO TODO?

B GUSTAVO ESTÁ BRINCANDO COM 7 CARRINHOS E TEM MAIS 7 GUARDADOS EM UMA CAIXA. QUANTOS CARRINHOS ELE TEM NO TOTAL?

C FERNANDA COLOCOU EM UMA BANDEJA 12 BRIGADEIROS E 8 BEIJINHOS. QUANTOS DOCINHOS HÁ NA BANDEJA?

2. COMPLETE A TABELA COM OS NÚMEROS QUE FALTAM:

1	2	3		5	6	7		9	10
11		13	14		16	17	18		20
21	22	23	24	25	26	27	28		
	32		34			37		39	40
41	42			45			48		50

1. RESOLVA ESTAS SITUAÇÕES-PROBLEMA:

A MIGUEL COMPROU UMA CAIXA COM 12 LÁPIS DE COR E GANHOU OUTRA CAIXA COM MAIS 12. QUANTOS LÁPIS MIGUEL TEM AGORA?

B FLÁVIA ACHOU UM CAMINHO DE FORMIGAS SEPARADO POR UM TRONCO. HAVIA 11 FORMIGAS DE UM LADO E 15 FORMIGAS DO OUTRO. QUANTAS FORMIGAS FLÁVIA VIU NO TOTAL?

2. LIGUE, COM UM TRAÇO, OS PARES CORRESPONDENTES:

VINTE E UM	24
VINTE E DOIS	27
VINTE E TRÊS	21
VINTE E QUATRO	29
VINTE E CINCO	26
VINTE E SEIS	23
VINTE E SETE	30
VINTE E OITO	22
VINTE E NOVE	25
TRINTA	28

1. RESOLVA ESTAS SITUAÇÕES-PROBLEMA:

A COMPRANDO PRESENTES, JULIANA COLOCOU NO CARRINHO DA LOJA 6 BRINQUEDOS, 4 JOGOS E 10 LIVROS. QUANTOS PRESENTES ELA COMPROU NO TOTAL?

B MARCELO COLHEU 22 ESPIGAS DE MILHO DE MANHÃ E 22 ESPIGAS DE MILHO À TARDE. QUANTAS ESPIGAS ELE COLHEU NO DIA?

C JOSÉ ORGANIZOU OS TIJOLOS DA OBRA. HAVIA 35 TIJOLOS EM UMA PILHA E 10 EM OUTRA. QUANTOS TIJOLOS FORAM EMPILHADOS NO TOTAL?

2. COMPLETE A SEQUÊNCIA DE 5 EM 5:

5	10		20		35	40		50

1. RESOLVA ESTAS SITUAÇÕES-PROBLEMA:

A HAVIA 7 PIPAS NO CÉU E 3 FORAM RECOLHIDAS. QUANTAS PIPAS FICARAM?

B MARINA DESENHOU 6 FLORES E PINTOU 5. QUANTAS FALTAM PINTAR?

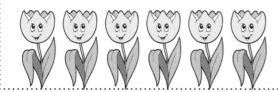

C JOANA TINHA 5 URSINHOS E DEU 2 PARA A SUA MELHOR AMIGA. QUANTOS URSINHOS JOANA TEM AGORA?

D ARTHUR TINHA 3 ROBÔS DE BRINQUEDO, MAS PERDEU 1. QUANTOS BRINQUEDOS RESTARAM?

1. LIGUE, COM UM TRAÇO, OS PARES CORRESPONDENTES:

TRINTA E UM	38
TRINTA E DOIS	34
TRINTA E TRÊS	32
TRINTA E QUATRO	40
TRINTA E CINCO	31
TRINTA E SEIS	39
TRINTA E SETE	33
TRINTA E OITO	35
TRINTA E NOVE	37
QUARENTA	36

2. COMPLETE A TABELA COM OS NÚMEROS QUE FALTAM:

1	2	3		5	6	7		9	10
11		13	14		16	17	18		20
21	22	23	24	25	26	27	28		
	32		34			37		39	40
41	42			45			48		50

3. AGORA, RESOLVA ESTA SITUAÇÃO-PROBLEMA:

HAVIA 17 ALUNOS, NA CALÇADA, PARA ATRAVESSAR A RUA. 3 ALUNOS ATRAVESSARAM. QUANTOS ALUNOS FICARAM NA CALÇADA?

1. RESOLVA ESTAS SITUAÇÕES-PROBLEMA:

A O DONO DA QUITANDA TINHA 30 FRUTAS PARA VENDER. ELE JÁ VENDEU 10. QUANTAS FRUTAS RESTARAM?

B ADRIANA COMPROU 5 MAÇÃS, 6 LARANJAS E 1 MELANCIA. QUANTAS FRUTAS ELA COMPROU NO TOTAL?

2. LIGUE, COM UM TRAÇO, OS PARES CORRESPONDENTES:

QUARENTA E UM	44
QUARENTA E DOIS	47
QUARENTA E TRÊS	50
QUARENTA E QUATRO	42
QUARENTA E CINCO	46
QUARENTA E SEIS	41
QUARENTA E SETE	45
QUARENTA E OITO	49
QUARENTA E NOVE	43
CINQUENTA	48

1. COMPLETE A TABELA COM OS NÚMEROS QUE FALTAM:

1	2		4	5		7		9	10
11		13		15	16		18	19	20
	22	23		25	26	27		29	30
31		33	34		36	37		39	40
41	42		44		46		48		50
51		53	54	55		57		59	
	62	63		65		67	68	69	
71			74		76	77		79	80
	82	83		85			88		90
91	92		94		96		98		100

2. AGORA, RESOLVA ESTAS SITUAÇÕES-PROBLEMA:

A NA BIBLIOTECA, HAVIA 46 LIVROS DE HISTÓRIA INFANTIL. OS ALUNOS JÁ LERAM 26. QUANTOS LIVROS FALTAM SER LIDOS?

B UMA COSTUREIRA TINHA 50 ALFINETES E USOU 20 PARA FAZER UM VESTIDO. QUANTOS ALFINETES SOBRARAM?

1. RESOLVA ESTAS SITUAÇÕES-PROBLEMA:

A NO ZOOLÓGICO, HAVIA 8 MACACOS, 4 ZEBRAS E 2 ELEFANTES. DESSES ANIMAIS, 10 JÁ FORAM ALIMENTADOS. QUANTOS ANIMAIS AINDA NÃO FORAM ALIMENTADOS?

B O PADEIRO ASSOU 6 BOLINHOS EM UMA ASSADEIRA E MAIS 4 BOLINHOS EM OUTRA ASSADEIRA. DO TOTAL, 3 BOLINHOS QUEIMARAM. QUANTOS BOLINHOS FICARAM BONS?

C LUIZA COLOCOU NA CESTA DE PIQUENIQUE: 4 MAÇÃS, 6 BANANAS E 5 PERAS. DURANTE O PASSEIO, ELA E SEUS AMIGOS COMERAM 8 FRUTAS. QUANTAS FRUTAS SOBRARAM?

2. COMPLETE A SEQUÊNCIA DE 10 EM 10:

| 10 | 20 | | | | | | | | 100 |

1. ESCREVA OS NÚMEROS SEGUINDO OS EXEMPLOS AO LADO:

DEZOITO = 10 + 8 = 18
VINTE E TRÊS = 20 + 3 = 23

TRINTA E UM = ____ + ____ = ____

TRINTA E SETE = ____ + ____ = ____

QUARENTA E QUATRO = ____ + ____ = ____

QUARENTA E CINCO = ____ + ____ = ____

CINQUENTA E DOIS = ____ + ____ = ____

CINQUENTA E SEIS = ____ + ____ = ____

SESSENTA E UM = ____ + ____ = ____

SESSENTA E SETE = ____ + ____ = ____

SETENTA E TRÊS = ____ + ____ = ____

SETENTA E NOVE = ____ + ____ = ____

OITENTA E QUATRO = ____ + ____ = ____

OITENTA E OITO = ____ + ____ = ____

NOVENTA E UM = ____ + ____ = ____

NOVENTA E SETE = ____ + ____ = ____

2. LIGUE, COM UM TRAÇO, OS PARES CORRESPONDENTES:

DEZ • VINTE • TRINTA • QUARENTA • CINQUENTA

80 · 30 · 10 · 100 · 50 · 70 · 90 · 20 · 40 · 60

SESSENTA • SETENTA • OITENTA • NOVENTA • CEM

PREENCHA O PONTILHADO.

A B C D E F G
H I J K L M N O
P Q R S T U V W X Y Z

a b c d e f g h i j k l m n
o p q r s t u v w x y z

COPIE DA MESMA MANEIRA:

A B C D E F G H I

J K L M N O P Q R

S T U V W X Y Z

a b c d e f g h i j

k l m n o p q r s

t u v w x y z

1 UM um
2 DOIS dois
3 TRÊS três
4 QUATRO quatro
5 CINCO cinco
6 SEIS seis

7 SETE sete
8 OITO oito
9 NOVE nove
10 DEZ dez

1 um 2 dois 3 três

4 quatro 5 cinco

6 seis 7 sete 8 oito

9 nove 10 dez

Amanda André
aranha abacate asa

Amanda André

aranha abacate asa

Bernardo Beatriz
banana boi bola

Bernardo Beatriz

banana boi bola

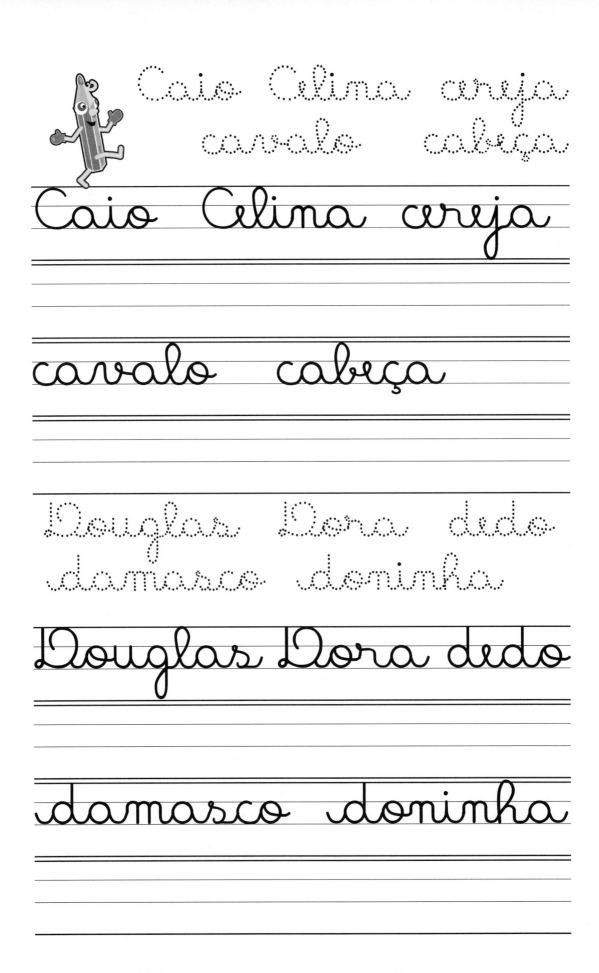

Caio Celina cereja

cavalo cabeça

Douglas Dora dedo

damasco doninha

Edson Eliana
elefante erva eco

Edson Eliana

elefante erva eco

Fernando Flora foca
figo futebol

Fernando Flora

foca figo futebol

Gustavo Gabriela
gato goiaba gelo

Gustavo Gabriela

gato goiaba gelo

Hugo Heloísa hiena
hortelã horas

Hugo Heloísa hiena

hortelã horas

Igor Isabela iguana
ingá ioiô

Igor Isabela

iguana ingá ioiô

Jorge Juliana jacaré
jaca joelho

Jorge Juliana

jacaré jaca joelho

Kevin Karina kiwi
kung fu kart

Kevin Karina kiwi

kung fu kart

Lucas Lia livro
leopardo laranja

Lucas Lia livro

leopardo laranja

Mateus Mariana
mico manga mães

Mateus Mariana

mico manga mães

Natan Nina naja
nectarina nariz

Natan Nina naja

nectarina nariz

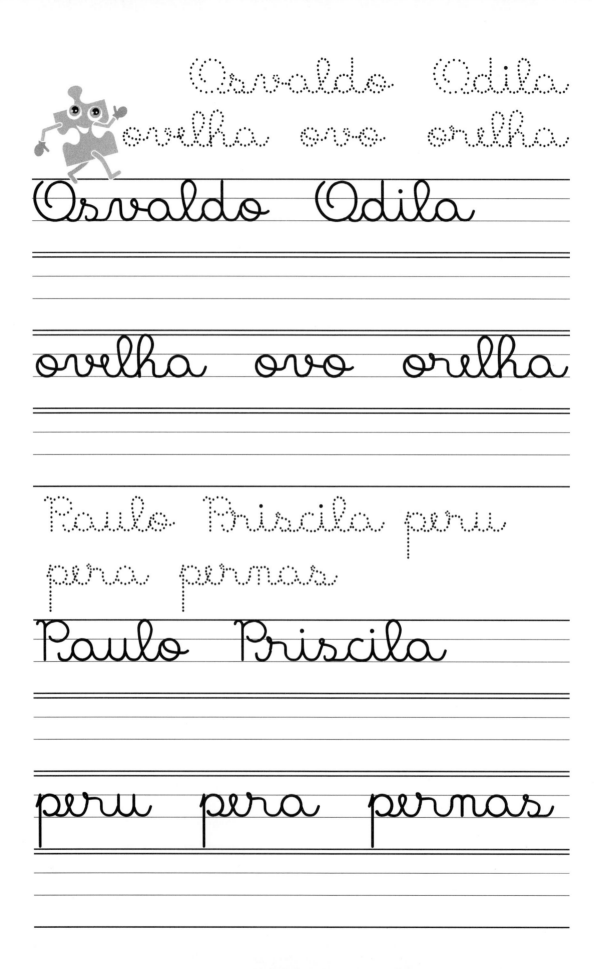

Osvaldo Odila

ovelha ovo orelha

Paulo Priscila

peru pera pernas

Quintino Queila quati
quiabo queixo

Quintino Queila

quati quiabo queixo

Rodrigo Renata
raposa romã rei

Rodrigo Renata

raposa romã rei

Samuel Simone sapo
sapoti sal

Samuel Simone

sapo sapoti sal

Tiago Tânia tatu
tangerina tambor

Tiago Tânia tatu

tangerina tambor

Ubiratan Úrsula

urso uva unhas

Vinícius Valentina

vaca vagem vela

William Walkíria
web windsurf

William Walkíria

web windsurf

Xavier xerox
ximango xilofone

Xavier xerox

ximango xilofone

Yasmin yakisoba
Yuri YouTube

Yasmin yakisoba

Yuri YouTube

Zeca Zulmira zebra
zimbro zíper

Zeca Zulmira zebra

zimbro zíper

1. VOCÊ SABE O QUE SÃO NÚMEROS E O QUE SÃO LETRAS? CIRCULE SOMENTE AS LETRAS:

2. COMPLETE OS PONTILHADOS. DEPOIS, ESCREVA AS LETRAS QUE FALTAM NO ALFABETO:

1. COMPLETE O NOME DAS IMAGENS COM AS LETRAS QUE FALTAM:

2. VAMOS CONHECER AS LETRAS **A** E **B** E BRINCAR DE LABIRINTO?

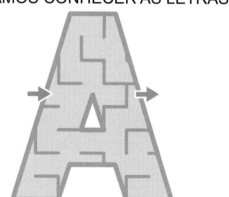
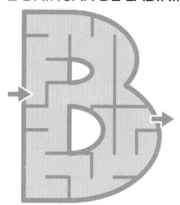

1. LIGUE, COM UM TRAÇO, O NOME À FIGURA CORRESPONDENTE:

A PATO
B PERU
C FOCA
D GATO
E RATO

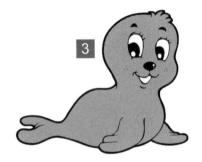

2. DESEMBARALHE AS LETRAS PARA FORMAR AS PALAVRAS:

B A A	A C I B	P A M A
_____	_____	_____
U L E B	L A C A	A L A B
_____	_____	_____

3. VAMOS CONHECER AS LETRAS **C** E **D** E BRINCAR DE LABIRINTO?

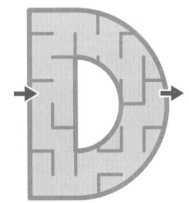

1. ESCREVA, NAS LINHAS ABAIXO, OS NOMES PRÓPRIOS DA LISTA, EM ORDEM ALFABÉTICA:

YARA • MATEUS • NICOLE • BRUNO • KÁTIA • ZÉLIA • VÍTOR ESTER • FABIANA • CAMILA • DAVI • TADEU • PAULA • QUICO

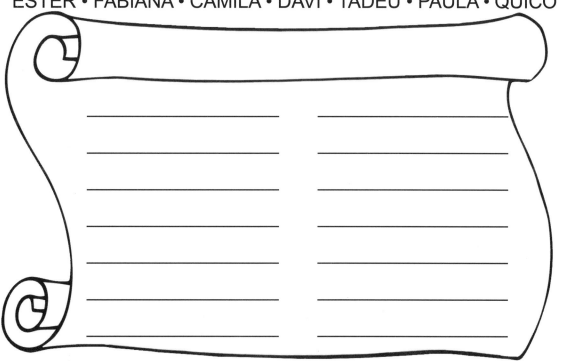

2. ESCREVA A LETRA INICIAL DO NOME DE SEUS PAIS E DE SEUS AVÓS:

PAI: _____

AVÓ PATERNA: _____

AVÔ PATERNO: _____

MÃE: _____

AVÓ MATERNA: _____

AVÔ MATERNO: _____

3. VAMOS CONHECER AS LETRAS **E** E **F** E BRINCAR DE LABIRINTO?

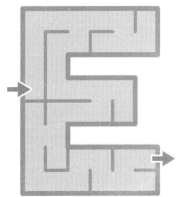
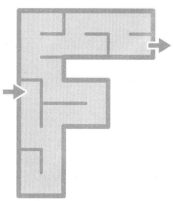

52

1. CIRCULE APENAS OS ANIMAIS CUJOS NOMES SE INICIAM COM VOGAIS (**A**, **E**, **I**, **O**, **U**):

2. COMPLETE O NOME DAS FRUTAS COM AS VOGAIS QUE FALTAM:

1. K__W__
2. B__N__N__
3. __B__C__T__
4. L__R__NJ__
5. M__L__NC__ __
6. __B__C__X__
7. M__R__NG__
8. __V__

1. DE CADA PALAVRA ABAIXO, CONTE E REGISTRE QUANTAS CONSOANTES HÁ EM CADA UMA:

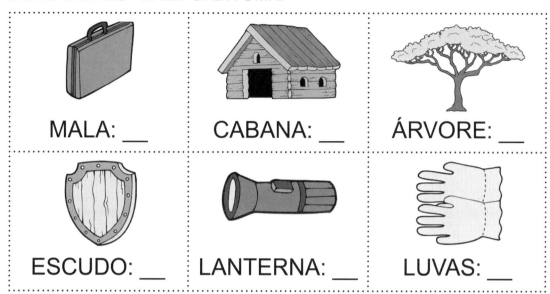

MALA: __   CABANA: __   ÁRVORE: __

ESCUDO: __   LANTERNA: __   LUVAS: __

2. COMPLETE AS PALAVRAS COM AS CONSOANTES QUE FALTAM:

__O__A__   __I__O__A   __E__OU__A

__A__U__I   __A__E__O   __O__E__O

3. VAMOS CONHECER AS LETRAS **G** E **H** E BRINCAR DE LABIRINTO?

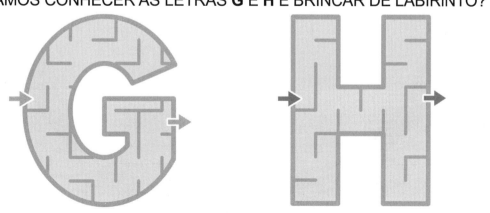

1. LIGUE, COM UM TRAÇO, CADA LETRA MINÚSCULA À PALAVRA QUE COMEÇA COM A MESMA LETRA MAIÚSCULA:

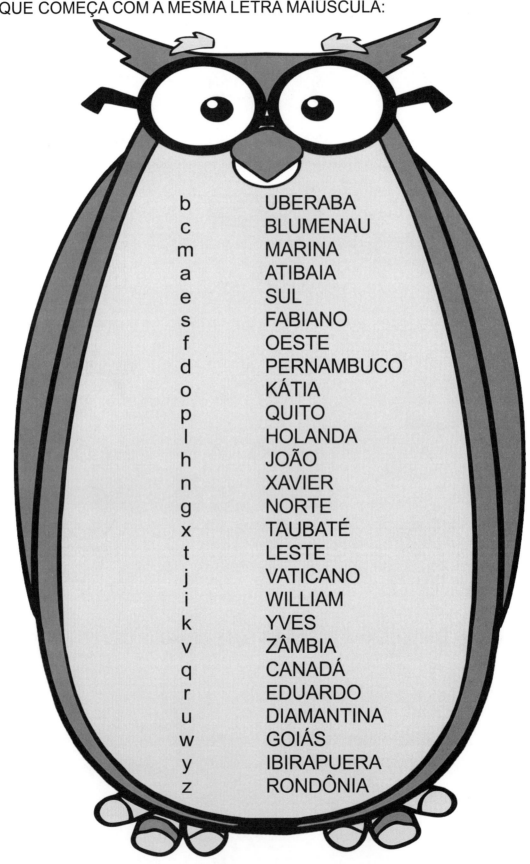

b	UBERABA
c	BLUMENAU
m	MARINA
a	ATIBAIA
e	SUL
s	FABIANO
f	OESTE
d	PERNAMBUCO
o	KÁTIA
p	QUITO
l	HOLANDA
h	JOÃO
n	XAVIER
g	NORTE
x	TAUBATÉ
t	LESTE
j	VATICANO
i	WILLIAM
k	YVES
v	ZÂMBIA
q	CANADÁ
r	EDUARDO
u	DIAMANTINA
w	GOIÁS
y	IBIRAPUERA
z	RONDÔNIA

1. CONTE E ESCREVA O NÚMERO DE SÍLABAS DE CADA PALAVRA ABAIXO:

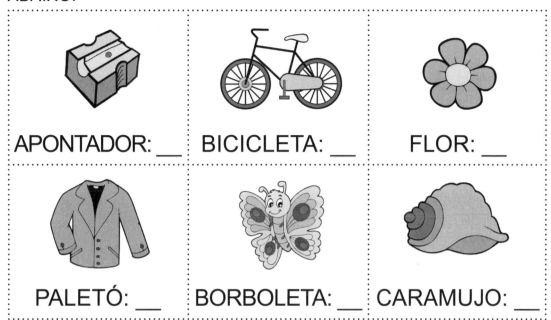

APONTADOR: __

BICICLETA: __

FLOR: __

PALETÓ: __

BORBOLETA: __

CARAMUJO: __

2. OBSERVE O EXEMPLO, MUDE AS SÍLABAS DE LUGAR E ESCREVA OUTRAS PALAVRAS:

MALA **LAMA**	PATA _____	LAGO _____
CAMA _____	DONA _____	LATA _____

3. VAMOS CONHECER AS LETRAS **I** E **J** E BRINCAR DE LABIRINTO?

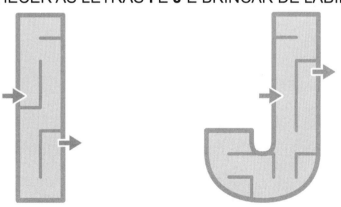

1. CIRCULE NA PARLENDA ABAIXO TODAS AS VEZES QUE APARECER A SÍLABA **LA**:

ROLA BOLA, BOLA ROLA.

ROLA PEDRA, PEDRA ROLA.

FALA LOGO, E NÃO ENROLA,

QUE VOCÊ NASCEU NA ANGOLA.

2. AGORA, CIRCULE NESTA PARLENDA, AS SÍLABAS **PA**, **PI** E **PO**:

LÁ EM CIMA DO PIANO

TEM UM COPO DE VENENO.

QUEM BEBEU MORREU,

O CULPADO NÃO FUI EU.

3. VAMOS CONHECER AS LETRAS **K**, **L** E **M** E BRINCAR DE LABIRINTO?

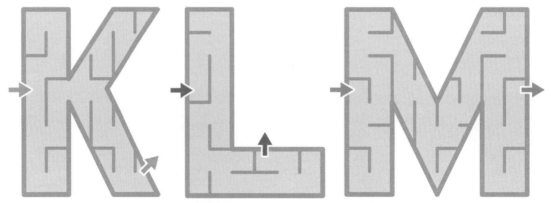

57

1. DESEMBARALHE AS SÍLABAS E ESCREVA O NOME DE CADA FIGURA:

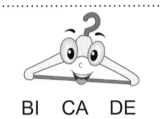
BI   CA   DE
_____

CO   SA   LA
_____

NI   NO   ME
_____

CE   PA   CA   TE
_____

TA   NE   CA
_____

LAR   CE   LU
_____

2. COMPLETE AS PALAVRAS COM A SÍLABA QUE FALTA. DEPOIS, ESCREVA CADA PALAVRA NOVAMENTE:

GIRA___
_____

JAVA___
_____

DINOSSAU___
_____

3. VAMOS CONHECER AS LETRAS **N**, **O** E **P** E BRINCAR DE LABIRINTO?

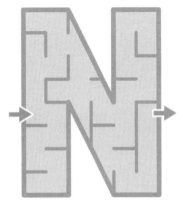
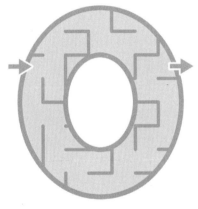
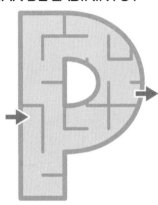

58

1. COMPLETE AS PALAVRAS ABAIXO COM **ÃO**, **Ã** OU **ÃE**, CONFORME O CASO.

P____   ROM____

LE____   BAL____

MAÇ____   MEL____

PI____   M____

CORAÇ____   LIM____

2. CIRCULE APENAS AS FIGURAS CUJOS NOMES TÊM O **TIL**.

3. NA PARLENDA ABAIXO, HÁ TRÊS PALAVRAS QUE PERDERAM O **TIL**. COLOQUE O **TIL** ONDE FALTA.

REI, CAPITAO,

SOLDADO, LADRAO.

MOÇA BONITA

DO MEU CORAÇAO.

4. VAMOS CONHECER AS LETRAS **Q**, **R** E **S** E BRINCAR DE LABIRINTO?

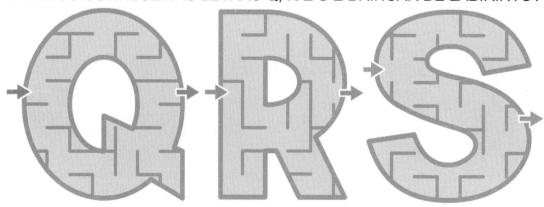

1. CONTE E CIRCULE, NA PARLENDA ABAIXO, TODAS AS VEZES QUE APARECEREM AS PALAVRAS **GATO** E **PEIXE**:

TEM PEIXE NA PIA FRIA.

PULA GATO, GATO MIA.

LÁ VEM A TIA MARIA.

E NÃO VEM DE MÃO VAZIA.

PULA GATO, GATO MIA.

CAIU O CHINELO

QUE ELA TRAZIA.

2. CONTE E CIRCULE, NA PARLENDA ABAIXO, TODAS AS VEZES QUE APARECEREM AS PALAVRAS **PATO** E **PINTO**.

ENTROU PELA PERNA DO PATO,

SAIU PELA PERNA DO PINTO.

O REI MANDOU DIZER

QUE QUEM QUISER

QUE CONTE CINCO:

UM, DOIS, TRÊS, QUATRO, CINCO.

3. VAMOS CONHECER AS LETRAS **T**, **U** E **V** E BRINCAR DE LABIRINTO?

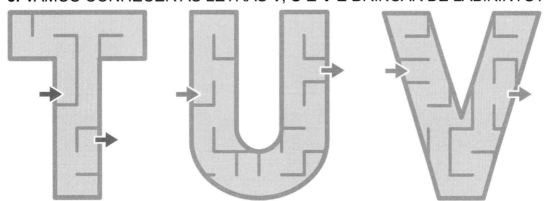

1. CONTE E ESCREVA QUANTAS MENINAS E QUANTOS MENINOS ESTÃO NA LISTA DE CONVIDADOS DA FESTA DE ANIVERSÁRIO DE BRUNO.

- CAROLINA
- RENATA
- DANILO
- GABRIELA
- JOÃO
- CELINA
- FLÁVIA
- MÁRIO
- FÁBIO
- ANA
- SORAIA
- LUANA
- RICARDO

MENINOS: _____

MENINAS: _____

2. VAMOS CONHECER AS LETRAS **W** E **X** E BRINCAR DE LABIRINTO?

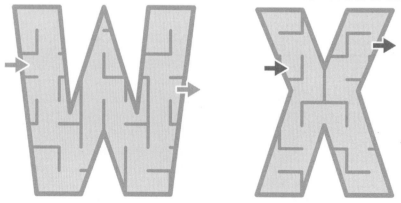

1. ESCOLHA O NOME DA LISTA E ESCREVA-O ABAIXO DA FIGURA CORRESPONDENTE:

ESCOLA • POTE • TUCANO • BALÃO • ALCE CADERNO • ABÓBORA • SORVETE • CERCA

1. ESCOLHA A SÍLABA CERTA PARA FORMAR DUAS PALAVRAS EM CADA CRUZ:

NE · TE · CA · RU

	MA			PA			CAS			CO	
TU	NO	CA	CA	MAR	LO	MA	JO
	CO			LA			LO			JA	

2. PINTE CADA LETRA DO ALFABETO COMPLETO DE UMA COR DIFERENTE:

2. VAMOS CONHECER AS LETRAS **Y**, E **Z** E BRINCAR DE LABIRINTO?

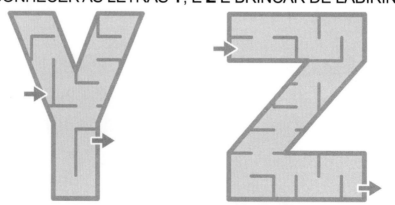

RESPOSTAS

Página 3: 1. A- 4. **B-** 2. **C-** 7. **D-** 5. **E-** 6. **F-** 3. **G-** 8. **H-** 9. **2. LISTA DO 3:** 1, 0, 2, 3. **LISTA DO 4:** 2,1, 4, 3, 0. **LISTA DO 5:** 2, 3, 5, 0, 1, 4.

Página 4: 1. A- 7. **B-** 9. **C-** 5. **D-** 6. **E-** 4. **F-** 8. **G-** 3. **H-** 10. **2. LISTA DO 7:** 0, 7, 1, 6, 4, 3, 2, 5. **LISTA DO 8:** 0, 8, 4, 1, 7, 2, 6, 5, 3. **LISTA DO 9:** 0, 9, 1, 8, 3, 6, 4, 5, 2, 7.

Página 5: 1. A- 10. **B-** 12. **C-** 11. **D-** 16. **E-** 14. **F-** 18. **G-** 13. **H-** 15. **2. A-** 5. **B-** 4. **C-** 3. **D-** 8. **E-** 9. **F-** 10. **3. A-** 10. **B-** 7. **C-** 6. **D-** 8. **E-** 14. **F-** 2.

Página 6: 1. A- 4. **B-** 7. **C-** 10. **D-** 8. **E-** 10. **F-** 5. **G-** 1. **H-** 3. **2. A-** 10 + 6 = 16. **B-** 10 + 9 = 19.

Página 7: 1. A- 5. **B-** 15. **C-** 5. **D-** 25. **E-** 5. **F-** 35. **G-** 5. **H-** 45. **2. A-** 20 + 5 = 25. **B-** 30 + 5 = 35.

Página 8: 1. A- 10. **B-** 30. **C-** 10. **D-** 50. **E-** 10. **F-** 70. **G-** 10. **H-** 90. **2. A-** 20 + 40 = 60. **B-** 20 + 50 = 70.

Página 9: 1. A- 10. **B-** 10, 10, 10. **C-** 10, 10, 10, 5. **D-** 10, 10, 10, 10, 4.
E- 10, 10, 10, 10, 10, 10, 3. **F-** 10, 10, 10, 10, 10, 10, 10, 1. **G-** 10, 10, 10, 10, 10, 10, 10, 10, 5. **H-** 10, 10, 10, 10, 10, 10, 10, 10, 10, 6. **2. A-** 20. **B-** 25. **C-** 30. **D-** 35. **E-** 40. **F-** 45. **G-** 50. **H-** 55.

Página 10: 1. A- 1. **B-** 3. **C-** 1. **D-** 4. **E-** 5. **F-** 6. **G-** 7. **H-** 9. **2. LISTA DO 4:** 4 – 0 = 4. 4 – 1 = 3. 4 – 2 = 2. 4 – 3 = 1. 4 – 4 = 0. **LISTA DO 5:** 5 – 0 = 5. 5 – 1 = 4. 5 – 2 = 3. 5 – 3 = 2. 5 – 4 = 1. 5 – 5 = 0.

Página 11: 1. A- 8. **B-** 2. **C-** 3. **D-** 4. **E-** 1. **F-** 5. **G-** 6. **H-** 7. **2. LISTA DO 6:** 6 – 5 = 1, 6 – 6 = 0. **LISTA DO 7:** 7 – 0 = 7. 7 – 1 = 6. 7 – 2 = 5. 7 – 3 = 4. 7 – 4 = 3. 7 – 5 = 2. 7 – 6 = 1. 7 – 7 = 0. **LISTA DO 8:** 8 – 0 = 8. 8 – 1 = 7. 8 – 2 = 6. 8 – 3 = 5. 8 – 4 = 4. 8 – 5 = 3. 8 – 6 = 2. 8 – 7 = 1. 8 – 8 = 0. **LISTA DO 9:** 9 – 0 = 9. 9 – 1 = 8. 9 – 2 = 7. 9 – 3 = 6. 9 – 4 = 5. 9 – 5 = 4. 9 – 6 = 3. 9 – 7 = 2. 9 – 8 = 1. 9 – 9 = 0.

Página 12: 1. A- 2. **B-** 6. **C-** 4. **D-** 16. **E-** 10. **F-** 11. **G-** 15. **H-** 12. **2. A-** 5. **B-** 4. **C-** 7. **D-** 2. **E-** 8. **F-** 6. **3 A-** 5. **B-** 8. **C-** 10. **D-** 7. **E-** 2. **F-** 14.

Página 13: 1. A- 5. **B-** 14. **C-** 1. **D-** 16. **E-** 5. **F-** 11. **G-** 6. **H-** 25. **2. A-** 7. **B-** 1. **C-** 3. **D-** 10. **E-** 12. **F-** 6. **3. A-** 6. **B-** 0. **C-** 11. **D-** 5. **E-** 1. **F-** 3.

Página 14: 1. A- 10. **B-** 10. **C-** 30. **D-** 20. **E-** 40. **F-** 30. **G-** 20. **H-** 10. **2. A-** 20. **B-** 10. **C-** 0. **D-** 0. **E-** 0. **F-** 0

Página 15: 1. A- 15. **B-** 15. **C-** 25. **D-** 30. **E-** 25. **F-** 40. **G-** 35. **H-** 45. **2. A-** 10. **B-** 35. **C-** 5. **D-** 15. **E-** 30. **F-** 35.

Página 16: 1. A- (+). **B-** (-). **C-** (+). **D-** (-). **E-** (+). **F-** (+). **G-** (+). **H-** (-). **2. A-** 4, 6. **B-** 3, 2. **C-** 5, 20. **D-** 10, 15. **E-** 6, 5. **F-** 4, 6. **G-** 10, 25. **H-** 30, 12.

Página 17: 1. A- (-). **B-** (+). **C-** (+). **D-** (-). **E-** (+). **F-** (+). **G-** (-). **H-** (+). **2. A-** 7, 5. **B-** 5, 3. **C-** 20, 8. **D-** 5, 2. **E-** 3, 8. **F-** 2, 10. **G-** 30, 5. **H-** 10, 9.

Página 18: 1. 1 PIANO, 2 BONECAS, 3 REGADORES, 4 LIVROS, 5 ABELHAS, 6 MAÇÃS, 7 MEIAS, 8 DADOS, 9 BOLAS, 10 GOTAS. **2.** 0- ZERO, 1- UM, 2- DOIS, 3- TRÊS, 4- QUATRO, 5- CINCO, 6- SEIS, 7- SETE, 8- OITO, 9- NOVE, 10- DEZ.

Página 19: 1. 11, 12, 13, 14, 15, 16, 17,18, 19, 20. **2.** 11- ONZE, 12- DOZE, 13- TREZE, 14- QUATORZE, 15- QUINZE, 16- DEZESSEIS, 17- DEZESSETE, 18- DEZOITO, 19- DEZENOVE, 20- VINTE.

Página 20: 1. 3, 5, 9, 13, 16, 18, 20, 22, 24, 27, 29. **2.** 1, 6, 8, 25, 30.

Página 21: 1. 9, 8, 7, 6, 5, 4, 3, 2, 1, 0. **2. A-** 16. **B-** 19. **C-** 13. **D-** 12. **E-** 15. **F-** 17. **G-** 11. **H-** 15.

Página 22: 1. A- 8, 14, 22, 29. **B-** 7, 12, 20, 25. **C-** 11, 17, 21, 29. **2.** 6, 12, 18.

Página 23: 1. A- 5 + 8 = 13. **B-** 6 + 4 = 10. **C-** 9 + 8 = 17. **2.** 6, 12, 21, 27.

Página 24: 1. A- 7 + 9 = 16. **B-** 7 + 7 = 14. **C-** 12 + 8 = 20. **2.** 4, 8, 12, 15, 19, 29, 30, 31, 33, 35, 36, 38, 43, 44, 46, 47, 49.

Página 25: 1. A- 12 + 12 = 24. **B-** 11 + 15 = 26. **2.** 21- VINTE E UM, 22- VINTE E DOIS, 23- VINTE E TRÊS, 24- VINTE E QUATRO, 25- VINTE E CINCO, 26- VINTE E SEIS, 27- VINTE E SETE, 28- VINTE

E OITO, 29- VINTE E NOVE, 30- TRINTA.

Página 26: 1. A- 6 + 4 + 10 = 20. **B-** 22 + 22 = 44. **C-** 35 + 10 = 45. **2.** 15, 25 ,30, 45.

Página 27: 1. A- 7 - 3 = 4. **B-** 6 - 5 = 1. **C-** 5 - 2 = 3. **D-** 3 - 1 = 2.

Página 28: 1. 31- TRINTA E UM, 32- TRINTA E DOIS, 33- TRINTA E TRÊS, 34- TRINTA E QUATRO, 35- TRINTA E CINCO, 36- TRINTA E SEIS, 37- TRINTA E SETE, 38- TRINTA E OITO, 39- TRINTA E NOVE, 40- QUARENTA. **2.** 4, 8, 12, 15, 19, 29, 30, 31, 33, 35, 36, 38, 43, 44, 46, 47, 49. **3. A-** 17 - 3 = 14.

Página 29: 1. A- 30 - 10 = 20. **B-** 5 + 6 + 1 = 12. **2.** 41- QUARENTA E UM, 42- QUARENTA E DOIS, 43- QUARENTA E TRÊS, 44- QUARENTA E QUATRO, 45- QUARENTA E CINCO, 46- QUARENTA E SEIS, 47- QUARENTA E SETE, 48- QUARENTA E OITO, 49- QUARENTA E NOVE, 50- CINQUENTA.

Página 30: 1. 3, 6, 8, 12, 14, 17, 21, 24, 28, 32, 35, 38, 43, 45, 47, 49, 52, 56, 58, 60, 61, 64, 66, 70, 72, 73, 75, 78, 81, 84, 86, 87, 89, 93, 95, 97, 99. **2. A-** 46 - 26 = 20. **B-** 50 - 20 = 30.

Página 31: 1. A- 8 + 4 + 2 = 14 – 10 = 4. **B-** 6 + 4 = 10 – 3 = 7. **C-** 4 + 6 + 5 = 15 – 8 = 7. **2.** 30, 40, 50, 60, 70, 80, 90.

Página 32: 1. 30 + 1 = 31, 30 + 7 = 37, 40 + 4 = 44, 40 + 5 = 45, 50 + 2 = 52, 50 + 6 = 56, 60 + 1 = 61, 60 + 7 = 67, 70 + 3 = 73, 70 + 9 = 79, 80 + 4 = 84, 80 + 8 = 88, 90 + 1 = 91, 90 + 7 = 97. **2.** 10- DEZ, 20- VINTE, 30- TRINTA, 40- QUARENTA, 50- CINQUENTA, 60- SESSENTA, 70- SETENTA, 80- OITENTA, 90- NOVENTA, 100- CEM.

Página 49: 1. A, B, D, E, F, G, L, M, P, U. **2.** B, E, J, N, Q, R, V.

Página 50: APITO, VELA, ESTRELA, PANELA, BOLA, BOLO, CASA, QUEIJO, VASO, BANANA, LUA, SOL.

Página 51: 1. 1- D, 2- E, 3- C, 4- A, 5- B. **2.** ABA, BICA, MAPA, BULE, CALA, BALA.

Página 52: 1. BRUNO, CAMILA, DAVI, ESTER, FABIANA, KÁTIA, MATEUS, NICOLE, PAULA, QUICO, TADEU, VÍTOR, YARA, ZÉLIA.

Página 53: 1. ARANHA, ELEFANTE, IGUANA, ONÇA, URSO. **2.** 1- KIWI, 2- BANANA, 3- ABACATE, 4- LARANJA, 5- MELANCIA, 6- ABACAXI, 7- MORANGO, 8- UVA.

Página 54: 1. 1- 2 (ML), 2- 3 (CBN), 3- 3 (RVR), 4- 3 (SCD), 5- 5 (LNTRN), 6- 3 (LVS). **2.** 1- **BO**TA**S**, 2- **PI**PO**CA**, 3- **CE**NOU**RA**, 4- **JA**BU**TI**, 5- **CA**ME**LO**, 6- **NO**VE**LO**.

Página 55: 1. a – ATIBAIA; b – BLUMENAU; c- CANADÁ; d – DIAMANTINA; e – EDUARDO; f – FABIANO; g – GOIÁS; h – HOLANDA; i – IBIRAPUERA; j– JOÃO; k – KÁTIA; l – LESTE; m – MARINA; n – NORTE; o – OESTE; p – PERNAMBUCO; q – QUITO; r – RONDÔNIA; s – SUL; t – TAUBATÉ; u – UBERABA; v – VATICANO; w – WILLIAM; x – XAVIER; y – YVES; z – ZÂMBIA.

Página 56: 1. APONTADOR (4 SÍLABAS), BICICLETA (4 SÍLABAS), FLOR (1 SÍLABA), PALETÓ (3 SÍLABAS), BORBOLETA (4 SÍLABAS), CARAMUJO (4 SÍLABAS). **2. MALA – LAMA**, PATA – TAPA, LAGO – GOLA, CAMA – MACA, DONA – NADO, LATA – TALA.

Página 57: 1. RO**LA,** BO**LA**, BO**LA,** RO**LA**, RO**LA**, RO**LA**, FA**LA**, ENRO**LA**, ANGO**LA**. **2. PI**ANO, **CO**PO, **CU**L**PA**DO.

Página 58: 1. 1- CABIDE, 2- SACOLA, 3- MENINO, 4- CAPACETE, 5- CANETA, 6- CELULAR. **2.** GIRA(FA), JAVA(LI), DINOSSAU(RO).

Página 59: 1- BALÃO, CORAÇÃO, LEÃO, LIMÃO, MAÇÃ, MÃE, MELÃO, PÃO, PIÃO, ROMÃ. **2**- FIGURAS 2 (TUBARÃO) E 5 (AVIÃO). **3**- CAPITÃO, LADRÃO, CORAÇÃO.

Página 60: 1- GATO (4), PEIXE (1). **2**- PATO (1), PINTO (1).

Página 61: 1- 5 MENINOS E 8 MENINAS.

Página 62: 1- 1- CADERNO, 2- ALCE, 3- CERCA, 4- TUCANO, 5- BALÃO, 6- ABÓBORA, 7- POTE, 8- SORVETE, 9- ESCOLA.

Página 63: 1- MACACO – TUCANO, PANELA – CANECA, CASTELO – MARTELO, CORUJA - MARUJO.